A mi querido amigo Neil Mountain, con amor
S.J-P
A mi madre, Ella Macnaughton
T.M

© Primera edición, Gran Bretaña, 2005 por *GULLANE CHILDREN'S BOOKS,* un sello de *Pinwheel Limited*
Creado y producido por *Gullane Children's Books*
Winchester House - 4th floor, 259-269 Old Marylebone Road - London NW1 5XJ

Título original en inglés: *Pugwug and Little*

Textos: © *Susie Jenkin-Pearce, 2006* - Ilustraciones: © *Tina Macnaughton, 2006*

1ª Edición en español, junio de 2007

© Ediciones Gato Azul, 2007 - © Cangrejo Editores, 2007
Carrera 24 No 59-64, Bogotá D.C., Colombia - Telefax: (571) 4373045, 3460277
E-mail: cangrejoedit@cangrejoeditores.com - Bogotá D.C., Colombia

ISBN: 978-958-8296-08-1

Preparación editorial: *Cangrejo Editores* - Traductor: *Adriana María Blanco Cortés* - Preprensa digital: *Cangrejo Editores*
Diagramación: *María Cristina Galindo Roldán*

Impreso por Panamericana Formas e Impresos S.A. / Impreso en Colombia – Printed in Colombia

Pugwug y Pequeño

Susie Jenkin-Pearce
Tina Macnaughton

Ediciones GATO AZUL

CANGREJO
EDITORES

Pugwug se estaba resbalando y deslizando afuera,
cuando ¡BANG! chocó contra algo GRANDE

Pugwug necesitaba saber qué miraban todos los pingüinos.

Él saltó....

Él aleteó...

Él intentó meterse por un pequeño espacio...

...pero no sirvió de nada.

Finalmente, *Pingüino Grande* se volteó. En sus pies había algo grande y redondo.

–"Pugwug", –dijo Pingüino Grande–, "¡conoce a tu nuevo hermanito pequeño… o quizá hermanita!".

Pugwug estaba fuera de
sí.
Él chilló de alegría.
—"Vamos, Pequeño",
—gritó—, "¡vamos a jugar!".

Pero *Pequeño* no parecía querer jugar.
De hecho, *Pequeño* no dijo nada.

Pugwug intentó que *Pequeño* se viera más
como un hermano... ¡o una hermana!...

Pero hizo un poco de desorden.
Entonces *Pingüino Grande* tuvo que
darle un baño, a *Pequeño*.

—"¡Vamos, tengamos una carrera!" —dijo Pugwug.

–"O... juguemos a atrapar" –insistió Pugwug.

–"Mejor no..." –dijo Pingüino Grande, amablemente.

–"¡Ya se! ¿Qué tal fútbol?"... –dijo Pugwug

¡Pingüino Grande estaba agotado!

De repente se escuchó un grito.
—"Peligro, ¡alerta de foca!
¡Pingüino en peligro!".

—"Pugwug", —dijo Pingüino Grande, seriamente—,
"cuida de Pequeño.
¡VIGILA pero no TOQUES!".

Entonces, Pingüino Grande se fue aleteando
tan rápido como pudo.

Pugwug y *Pequeño* fueron dejados
a solas.
De repente, *Pequeño* empezó a
tambalearse...

Y a sacudirse
Y a bailar...

¡*Pugwug* no sabía
qué hacer...!

...¡Pero entonces se dio cuenta de que tenía que tocarlo!

Pugwug dio un gran salto y apretó a Pequeño cerca a él.

Y ENTONCES...

Cuando *Pingüino Grande* regresó, encontró a Pequeño acurrucado contra Pugwug.
–"*Pingüino Grande*," –dijo Pugwug–,
conoce a mi nueva...

...¡hermanita!